CB136287

GRÁTIS
30 DIAS
GRÁTIS

Na Ubook você tem acesso a este e outros
milhares de títulos para ler e ouvir. Ilimitados!

Audiobooks Podcasts
Músicas Ebooks Notícias
Revistas Séries & Docs

Junto com este livro, você ganhou **30 dias grátis** para experimentar
a maior plataforma de audiotainment da América Latina.

Use o QR Code

OU

1. Acesse **ubook.com** e clique em Planos no menu superior.
2. Insira o código **GOUBOOK** no campo Voucher Promocional.
3. Conclua sua assinatura.

ubookapp ubookapp ubookapp

ubook
Paixão por contar histórias

LUIS ERLANGER

AGORA & NA HORA

- UMA DIVINA COMÉDIA -

ubook ubk Publishing House

© 2021, Luis Erlanger

Todos os direitos reservados. Nenhuma parte deste livro pode ser utilizada ou reproduzida sob quaisquer meios existentes sem autorização por escrito dos editores.

ubook UbK
Publishing House

COORDENAÇÃO	Alessandra Brito
EDIÇÃO	Fernanda Barreto
REVISÃO	Amanda Tracera
PROJETO GRÁFICO E CAPA	Clarissa Duarte
ILUSTRAÇÃO DA CAPA	Uri Adriano
IMAGENS DO MIOLO	Freepik ; ramonparaiba, TPYXA Illustration, muuraa | Shutterstock

Dados Internacionais de Catalogação na Publicação (CIP)
(Câmara Brasileira do Livro, SP, Brasil)

Erlanger, Luis
Agora e na hora : uma divina comédia / Luis Erlanger.
– Rio de Janeiro, RJ : Ubook Editora, 2021.

ISBN 978-65-5875-548-7
1. Teatro brasileiro 2. Teatro brasileiro
(Comédia) I. Título.

21-81788 CDD-B869.2

Índices para catálogo sistemático:

1. Teatro : Literatura brasileira B869.2

Eliete Marques da Silva - Bibliotecária - CRB-8/9380

Ubook Editora S.A
Av. das Américas, 500, Bloco 12, Salas 303/304,
Barra da Tijuca, Rio de Janeiro/RJ.
Cep.: 22.640-100
Tel.: (21) 3570-8150

SERÁ QUE EXISTE?

Três atores. Ironia, dúvidas e vida após a morte. Será que existe? É com todos esses elementos que *Agora e na hora* brinca com o sagrado e o profano ao abordar a fé. Mas, ao mesmo tempo em que fala sobre a morte terminal de um personagem, não deixa de ser um texto otimista em relação aos dramas da vida real.

Católicos, protestantes, umbandistas e representantes de outras religiões estão todos na peça de alguma maneira, com a vantagem de não serem retratados de forma preconceituosa, mas sim sob a ótica de uma crítica bem-humorada, que não ofende. O autor é o jornalista Luis Erlanger, e seus questionamentos nitidamente partem de alguém que já testemunhou muita coisa — exigência da profissão. Logo, o que se vê na peça, são os pensamentos de quem não enxerga o cotidiano com os olhos vedados.

Em cena, um único ator representa apenas um personagem — e não poderia ser diferente, já que tudo gira em torno do padre que descobre que está morrendo e começa a experimentar coisas que nunca fez. Sob essa premissa, ele faz sexo e cheira cocaína, além de outras coisas que podem ir de encontro à imagem de um religioso imaculado. É uma abordagem corajosa, principalmente nos tempos politicamente corretos de hoje.

As desventuras desse religioso em crise podem até parecer tétricas, mas fazem refletir sobre a existência humana e suas hipocrisias. Outros dois atores dão vida a 12 personagens. A atriz, com direito a cenas quentes com o "padre", varia entre as interpretações de beata, secretária, garota de programa, mãe de santo, mãe e médium. O ator se desdobra em sacristão, oncologista, pastor, traficante e daimista.

Na montagem original, o elenco foi formado por André Gonçalves, Amanda Lee e Rodolfo Mesquita — porém este transitava tão bem entre os personagens que era fácil esquecer que era apenas um homem representando todos eles, o que demonstra um talento especial que vai, sem dificuldades, do drama à comédia. Na encenação de 2017, a voz de Othon Bastos foi a perfeita representação do que seria um diálogo com Deus.

Ao contrário do que o tema indica, o texto está longe de ser um dramalhão piegas em torno da morte e das lamúrias do que não foi vivido por quem está morrendo. A ironia está presente em todas as cenas, fazendo com que tudo seja engraçado. Cabe ao leitor desta dramaturgia transformada em livro, portanto, aproveitar esse novo olhar sobre a vida, apresentado a ele pelo teatro, e sair da leitura melhor do que era antes de conhecer o espetáculo.

Helder Moraes Miranda é jornalista, crítico cultural e editor do portal Resenhando.com.

AGORA & NA HORA

- UMA DIVINA COMÉDIA -

A peça conta a história de Emanuel, um padre que perde a fé diante da morte. E, antes de morrer, descobre sexo, drogas e *rock and roll.*

Quanto a Deus...

CENÁRIO

A cenografia deve reproduzir interior de templos, o mais simples possível.

PERSONAGENS

EMANUEL

É um desses jovens padres *pop star*, ele perde a fé em Deus diante da morte iminente e faz uma delirante *via crucis* até seu fim.

BEATA/SECRETÁRIA/GAROTA DE PROGRAMA/MÃE-DE-SANTO/MÃE/MÉDIUM

Todos os papéis femininos, são representados pela mesma atriz.

SACRISTÃO/ONCOLOGISTA/PASTOR/TRAFICANTE/DAIMISTA/PADRE

Todos os papéis masculinos, são representados pelo mesmo ator.

No lugar da tradicional campainha, sinos badalam o primeiro sinal, o segundo e o terceiro.

O programa é como um roteiro de missa, com a indicação de músicas e rezas a serem acompanhadas pelo público.

Emanuel cumpre os ritos da eucaristia (hóstia e vinho etc.), assistido pelo **Sacristão**, que espalha incenso pelo ambiente. A **Beata** estimula o público a cantar, indicando a página com a letra da seguinte música:

Com minha mãe estarei
na santa glória
um dia
Ao lado de Maria
no céu triunfarei
No céu, no céu
com minha mãe estarei
[...]
Com minha mãe estarei
aos anjos se ajuntando
Do onipotente ao mando
hosanas lhe darei
Com minha mãe estarei
e então coroa digna
de mão tão benigna
feliz receberei.

(A Beata e o Sacristão fazem um sinal para que o público se levante.)

Pai nosso que estás nos céus, santificado seja o Vosso nome.

Venha a nós o Vosso Reino.

Seja feita a Vossa vontade, assim na Terra como no Céu.

TODOS O pão nosso de cada dia, nos dai hoje. Perdoai as nossas ofensas, assim como nós perdoamos a quem nos tem ofendido.

E não nos deixeis cair em tentação, mas livrai-nos do mal. Amém.

EMANUEL Vamos, agora, com amor cristão, cumprimentar as irmãs e os irmãos que estão próximos a vocês. *(Espera enquanto a plateia interage entre si.)* Podemos nos sentar. Estamos aqui irmanados em torno da memória de *(Fala um nome incompreensível)*. É sempre impactante o desaparecimento material de uma pessoa querida. As partidas anunciadas, acompanhadas em lenta agonia, nos chocam; mas ainda mais o fazem as que nos pegam de surpresa. Como aqui, neste inesperado caso. Seria ele prematuro? Injusto? Irmãos, ao verdadeiro crente, nada pode surpreender. O que é decepcionante aos olhos de Deus? O egoísmo materialista. Isso mesmo, o egoísmo. A pessoa chora a perda da presença, da companhia carnal e deixa de lado a fé. Se esquece de que aquele que se foi, na verdade, não se foi. Meus irmãos, a morte é uma passagem. Não existem mortos, mas vivos e ressuscitados. O Senhor nos toca e nos reerguemos para a vida eterna. Sim, a morte é parte da vida. Um clímax, muito além do parto. É ela que abre a grande porta para os bem-aventurados com a graça divina. Quem de nós aqui presentes não enterrou um avô? Um pai? Uma mãe? Um irmão? Um amigo querido? Um filho? Neste momento, todos eles voltam ao nosso pensamento, como prova de que estão ainda mais em nós do que antes. Como estivemos distantes destes em vida? Como eles estão tão dentro de nós agora? É para todo o sempre. A morte é o caminho para a vida eterna. A morte é uma certeza que acontece na vida de todos nós, no tempo determinado por Deus. As pessoas que sofrem, questionam até se revoltam ao perder uma pessoa amada ignoram a Redenção. E onde está esta Redenção? Em Cristo, meus amados! Nem Jesus escapou da morte. Mas o sepulcro não foi seu fim. Ele passou pela morte para redimir a humanidade. Normalmente, nossa reação imediata ao recebermos a notícia da morte de alguém que amamos é chorar. Quando Lázaro morreu, Jesus também derramou lágrimas. Elas devem secar diante da certeza da ressurreição. Toca, Senhor, nos corações que estão vazios pela dor. Enxugai, Senhor, as lágrimas dessas faces sofridas. Se, por um lado, tudo na vida passa, por outro, tudo se eterniza se vivermos o cotidiano de nossa vida em Cristo, por Cristo e para Cristo. Poderiam perguntar os céticos: onde está Deus, em sua infinita bondade, na doença de uma criança inocente? Mas Ele continua lá. Porque o sofrimento é o preço a se pagar para entrar nos reino dos céus. Como cristãos, podemos ter a certeza de que Deus é justo em *todos* os seus desígnios.Incêndios, inundações, terremotos; todas as desgraças fazem sentido quando entendemos Deus. Precisamos entender o dilema divino. Deus não queria brinquedos para manipular e controlar. Ele não criou robôs. Ele queria pessoas de verdade, a quem pudesse amar e de quem pudesse receber amor. Queria que fossem livres para escolher e enfrentar os desígnios da sua alma e das forças da Natureza. Se só existisse esta vida, ninguém acreditaria em Deus. Mas existe outra vida, a verdadeira. A vitória final do Senhor ocorrerá quando Ele retornar, e então compreenderemos o porquê do sofrimento redentor. Por isso, eu digo, meus queridos irmãos, queridos amigos e familiares de...

(Emanuel cai desmaiado. A Beata e o Sacristão o acodem.)

BEATA Alguém é médico na plateia?

SACRISTÃO Chamem uma ambulância.
Meu celular está descarregado!

(Blackout.)

O ONCOLOGISTA

SECRETÁRIA Boa tarde, padre. Vou levá-lo ao dr. Kligerman.

EMANUEL Obrigado, minha filha. Deus te abençoe.

SECRETÁRIA Desculpe, padre, mas eu conheço o senhor. Frequento a sua paróquia. Sei que não devia comentar, mas estou preocupada com o senhor, um homem tão bom, que faz tanto bem aos outros...

EMANUEL Obrigado, mas é bobagem, minha filha. Quem carrega Deus no coração tem sempre a vida iluminada...

SECRETÁRIA É que, na especialidade deste consultório, padre, quando aparece muita luz na imagem, é um mau sinal. Às vezes, na medicina, é melhor torcer pela treva. Mesmo confiando muito no doutor, porque ele faz mesmo milagres... Sem querer comparar... Vou rezar pelo senhor.

EMANUEL Reza nunca é demais. Fique com Deus.

Vamos entrando, Emanuel! **DR. KLIGERMAN**

EMANUEL Se me permite, é PADRE Emanuel.

Padre Emanuel! **DR. KLIGERMAN**

EMANUEL Que a paz do Senhor esteja contigo.

Ok... O senhor tem passado bem? **DR. KLIGERMAN**

EMANUEL Tanto exagero por causa de um susto à toa...

Susto, né? Bom, acho melhor o senhor se sentar. **DR. KLIGERMAN**

EMANUEL Eu não tinha me alimentado direito. Não tem prece que sustente estômago vazio. Estou ótimo. Não sei por que tanto exame, nem porque o doutor Rodrigues me encaminhou ao senhor. É um especialista, não?

Sim, eu sou. **DR. KLIGERMAN**

EMANUEL Perdão, como é mesmo seu nome, meu filho?

David Kligerman. Mas pode me chamar só de Kligerman. **DR. KLIGERMAN**

EMANUEL O Rodrigues nem parece médico. Basta espirrar para ele achar que é pneumonia. Ele ainda não entendeu que a saúde está na fé.

DR. KLIGERMAN A fé é importantíssima, mas não resolve tudo.

EMANUEL Blasfêmia! Com todo respeito, não há nada que Deus não resolva. Se não há solução, é porque não há fé.

(Toca um som de mensagem no celular do médico, que olha para o aparelho rapidamente.)

Não vou discutir com o senhor. Eu o respeito, mas minha crença é na ciência. DR. KLIGERMAN

EMANUEL E, então, o que a sua ciência tem a dizer sobre meu susto?

Lamento dizer que o senhor está com um problema muito, muitíssimo grave.
Não foi só um susto. DR. KLIGERMAN

EMANUEL O senhor é religioso?

Tem dias, como hoje, que eu bem que gostaria de ser. Mas sou ateu. Convicto. Pelo sobrenome, dá para saber que sou de família judaica, mas nunca fui praticante. DR. KLIGERMAN

EMANUEL Sabe, eu tinha desprezo por pessoas descrentes. Hoje, tenho pena. Vocês jamais saberão o que é uma vida plena.

Não discuto religião, padre. Até porque não pretendo convencer ninguém. Acho que cumpro meu papel na Terra ajudando as pessoas a viverem melhor. **DR. KLIGERMAN** Ao menos, a viverem.

EMANUEL Pois muito bem. Então vamos ao meu caso, senhor doutor. Qual é a explicação para o meu susto?

(O som de mensagem toca no celular novamente. O médico recusa a chamada.)

Então, seu susto se chama câncer. **DR. KLIGERMAN**

EMANUEL Nossa Mãe! O senhor tem certeza?

Sem sombra de dúvida. Aliás, pelas sombras. O senhor está vendo essas manchas espalhadas? *(Mostra um raio-X.)* É o câncer. O senhor não teve nada anormal antes? **DR. KLIGERMAN**

EMANUEL Bem, andei com falta de ar, cansaço, nada de grave.

É grave! É câncer. E pior: em estado muito avançado. **DR. KLIGERMAN**

EMANUEL Que seja, estou pronto a enfrentar o que Deus me destinou. Como será o tratamento?

Padre, lamento dizer, mas não há tratamento. **DR. KLIGERMAN**

EMANUEL Como assim não há tratamento?

Você nunca fez um *check-up* periódico, né? **DR. KLIGERMAN**

EMANUEL Para quê? Entreguei minha vida nas mãos do Senhor. Ele cuida de mim, me ampara, nada me faltará.

Mas não custa ajudar o cara lá de cima, né? Esse tipo de câncer começa com um pólipo benigno, fácil de detectar. O que o dr. Rodrigues disse a respeito? **DR. KLIGERMAN**

EMANUEL Ele nem é meu médico de verdade. Frequenta a paróquia. Estava na missa no dia do desmaio; me atendeu na hora. Pediu os exames e quando ficaram prontos me ligou dizendo para vir direto para o senhor.

DR. KLIGERMAN Uma lástima. Deixou espalhar...

EMANUEL Paciência. O que devemos fazer agora?

DR. KLIGERMAN Sinceramente... Nada!

(Mais uma vez, toca o som de mensagem no celular. De novo, o médico recusa.)

EMANUEL Só pode ser uma brincadeira de mau gosto, doutor. Sempre há o que fazer.

Para chegar ao ponto em que o senhor chegou, foi muito tempo sem o tratamento necessário... Na origem, se resolveria com certa tranquilidade. Agora, alastrou-se. Já configura o que chamamos de metástase. **DR. KLIGERMAN**

EMANUEL O senhor está me dizendo que nem vai tentar me curar?

Não há cura possível. Podemos fazer o uso de paliativos, mas... **DR. KLIGERMAN**

EMANUEL Objetivamente, o senhor está me dizendo que vou morrer disso?

(Tentando descontrair, rindo.) Se o senhor não for atropelado quando sair daqui ou um avião cair na sua cabeça... Sim! **DR. KLIGERMAN**

EMANUEL Não vou me indignar com a vontade de Deus. O senhor diria que tenho mais quantos anos de vida?

(Afasta-se para tirar jaleco, ao mesmo tempo em que o celular faz o som de mais uma mensagem, que ele dispensa.) Padre, não vou iludir. O senhor tem pouco tempo de vida. **DR. KLIGERMAN**

EMANUEL Deus me protege e Nele eu confio! Estou pronto: quantos anos pela frente?

Neste estágio, eu diria que o senhor tem uns três meses de vida. **DR. KLIGERMAN**

EMANUEL O senhor não pode estar falando sério. Deve haver algum engano. Eu me sinto ótimo.

É estranho, mesmo. Já deveria ter dor, náuseas... Mas... **DR. KLIGERMAN**

EMANUEL Desculpe, não consigo acreditar...

Olha que curioso: o senhor leva a vida fazendo as pessoas acreditarem no imponderável, mas não tem fé na ciência. **DR. KLIGERMAN**

EMANUEL E desde quando ciência é fé? Toda hora vemos Deus operando milagres. Este, sim, é o grande cirurgião do Universo. Se ele quiser, estou salvo. Sem remédios, nem cortes. O senhor é meu convidado especial para a missa de Natal. Vou guardar um pedaço de peru para o senhor!

Não gosto de peru, acho muito seco. E saiba que sempre torço para estar errado nestes diagnósticos. Sugiro até que repita os exames e fique à vontade para procurar outro especialista... **DR. KLIGERMAN**

EMANUEL O senhor já preparou meu atestado de óbito...

Eu, não! Quem determinou o seu fim foi o seu Criador. **DR. KLIGERMAN**

EMANUEL Dispenso os seus remédios. Fique na paz do Senhor. Ele não me faltará.

A MÃE

Meu filhinho! **MÃE**

EMANUEL Minha mãezinha!

Jesus seja louvado! **MÃE**

EMANUEL Nesta desgraça?

Que desgraça? É uma bênção! **MÃE**

EMANUEL Que bênção, mãe? Acho que você não entendeu no telefone, a ligação estava ruim. Eu estou morrendo.

Sim, a sua passagem... **MÃE**

EMANUEL Passagem... Mãe, mesmo que você acredite em ressureição, na existência em outra dimensão, em breve não estarei mais aqui para te abraçar, te beijar, sentir suas mãos afagando os meus cabelos...

MÃE Não estou te reconhecendo, Emanuel. Você passou anos repetindo que morrer é encontrar Deus, e agora está com esse ressentimento... Eu te invejo! Estará antes de mim ao lado do trono do Senhor.

EMANUEL Achei que você chegaria aqui aos prantos. Mas você quase comemora... Que loucura...

Foram suas palavras, mostrando a todos que a vida terrena é apenas uma provação. Minha alma sorri de emoção: meu filho foi escolhido!

MÃE

EMANUEL

Que ilusão! Mais uma. Não sei onde estava com a cabeça... Deveria ter imaginado essa reação. Eu até previa resignação. Mas euforia...

Emanuel, meu filho, quando seu pai descobriu que eu estava grávida, me abandonou, sumiu no mundo, e eu decidi que daria à luz uma criatura iluminada. Abandonada, com um filho no ventre, mãe solteira, mal falada, naquele fim de mundo... Não foi um fardo: foi um sinal. Eu, na beira do desespero; você, um pequeno embrião dentro de mim: vi Maria. Foi em um fim de tarde: o pôr do sol, os pássaros cantando, a beira do riacho... Eu pensava em me atirar do alto do barranco.

Ela me apareceu, reluzente, por de trás da quaresmeira. Quaresma, meu filho! Era Páscoa, a ressurreição e a vitória de Cristo depois dos seus sofrimentos e morte. Me segurou pelo queixo e disse: "Fátima, nada é por acaso, tudo foi escrito. Tu tens uma missão, assim como eu tive a minha: trazer ao mundo um ser de luz. Um enviado de Deus para levar a palavra do senhor aos homens." E pensar que antes de caminhar em direção ao rio, eu queria interromper a gravidez... Hosana!

EMANUEL Você nunca me contou essa história, mãe.

Isso foi entre mim e Maria. Não quis te influenciar. Por que seu nome? Tanto sacrifício para te colocar no seminário. Você tinha que descobrir sozinho. Lembra, na estação, você chorando ao se despedir de mim, e eu, exultante, dizendo que era o dia mais feliz da minha vida? Meu amor, estamos perto da plenitude das nossas existências. **MÃE**

EMANUEL Então, eu definhando e você comemorando! É mesmo loucura.

MÃE

Meu filho, tenho rezado muito para que o meu problema no pulmão avance, para ascendermos juntos. Já pensou, que glória, nós dois, de mãos dadas, nos prostrando na frente do Senhor?
Eu só não apresso o destino porque seria um pecado! Vai você na frente que logo, logo eu subo. Nossa vida não é a gente que escreve. Temos que seguir a vontade e os desígnios do Pai.

EMANUEL E pensar que passei meus poucos anos de vida disseminando essa visão de mundo...

MÃE

Já falei com o padre da cidade, combinamos que...

EMANUEL Mãe, me faz um favor?

O que você me pedir, filhinho. **MÃE**

EMANUEL Vá embora agora. E, para você ficar sabendo, vou ser cremado!

(Mãe sai cantarolando, feliz.)

Passa o tempo.

Emanuel está de volta para nova consulta. Dr. Kligerman já está bêbado de uísque.

E aí, padre... **DR. KLIGERMAN**

EMANUEL Emanuel. Esquece o padre, Kligerman. Larguei a batina. Aliás, ela me largou. Assim como Deus se esqueceu de mim, me esqueci dele.

(O Dr. dá um abraço em Emanuel.)

Mas não tem a história de que não existe ex-padre? De que padre é para sempre? DR. KLIGERMAN

EMANUEL Ah! Tem uma porção de histórias. A diocese pode considerar que continuo padre, mas só ser for para o pessoal dela. Não celebro mais missa, enxoto os fiéis, estou morando num quartinho...

Então deixou de acreditar em Deus... *(Comemora.)* DR. KLIGERMAN

EMANUEL Claro que não! A cada dia tenho mais certeza da existência Dele. Só que hoje sei que não é aquela entidade voltada ao acolhimento das pessoas de bem. Olha o estado em que estão nossas crianças, a cidade, o estado, o país, o mundo. Não tenho medo Dele; vou é enfrentá-Lo.

Cá entre nós, eu vejo seu discurso com uma dose de ironia. Sou um pouco mais radical: como ateu, nem perderia tempo com Ele. Mas essa sua ironia, santa, ou laica, sei lá, demonstra que vai enfrentar com altivez seus últimos dias. **DR. KLIGERMAN**

EMANUEL Últimos dias...

(O doutor pega uma dose de uísque e dá nas mãos de Emanuel, que estranha, mas segura o copo.)

Pois é... *(Começa a se emocionar.)* O último exame confirma o rápido avanço da metástase. Você tem que estar preparado. **DR. KLIGERMAN**

EMANUEL Eu não tenho mais dúvida.

(Em um choro característico de bêbado.) Lamento! Lamento, Emanuel! Acho que seríamos bons amigos... **DR. KLIGERMAN**

EMANUEL Também acho. Então, tem como aumentar a dose do remédio?

Se eu aumentar, eu é que acabo te matando. Esse analgésico é o ideal, a dose já está cavalar. Mais um pouco, pode provocar um AVC. Um derrame cerebral. **DR. KLIGERMAN**

EMANUEL Um derrame cerebral talvez não fosse de todo mal. Esta lucidez também é insuportável.

Mas um derrame não seria divertido, não. Olha aqui: sem querer desmoralizar seu antigo discurso, mas já desmoralizando... *(Ri.)* Não concorda que foi um absurdo não terem liberado logo o uso medicinal da maconha? Boa parte dos tarja preta que estou autorizado a prescrever tem um poder tão destruidor e viciante que recomendam a inclusão da *cannabis* nos receituários da pediatria. A maconha é a chupeta dos ansiolíticos químicos...

DR. KLIGERMAN

EMANUEL Confesso que noutro dia pensei em falar com uma artista que frequenta a paróquia para me levar a uma sessão de Santo Daime. É considerado um procedimento religioso.

Qual a diferença entre um chá de cipós que te faz vomitar as entranhas e um baseado bem apertado? Só a trilha sonora. Eu juro que preferia entrar num barato ao som do Gênesis do que ouvindo cânticos sobre a floresta amazônica. *(Indicando para que Emanuel beba o uísque.)* Bebe logo isso, Emanuel!

DR. KLIGERMAN

EMANUEL Nunca toquei em álcool. Tirando aquele purgante enjoativo que é vinho de missa. Pode junto com os remédios?

O máximo que pode acontecer é potencializar. Ou você vai desligar um pouco, ou vai ficar aceleradão. **DR. KLIGERMAN**

(Bebem em um gole só. O Dr. volta a encher os copos.)

EMANUEL Foda-se!

Bravo! **DR. KLIGERMAN**

EMANUEL Meu primeiro palavrão. Já pensei, até durante a missa. Mas é a primeira vez na vida que falo em voz alta.

E qual a sensação dessa experiência tão radical? **DR. KLIGERMAN**

EMANUEL Ótima! FO-DA-SE!

Avante! **DR. KLIGERMAN**

EMANUEL Vai tomar no cu!

Amém! **DR. KLIGERMAN**

EMANUEL Vai para a puta que te pariu!

Hosana nas alturas! **DR. KLIGERMAN**

EMANUEL Vai pro caralho!

Shalom! **DR. KLIGERMAN**

EMANUEL Cruzes... *(Pausa.)* Sabe o que mais tem mexido comigo nesta reta final?

Além da expectativa do fim e do que vem ou não vem depois dele? **DR. KLIGERMAN**

EMANUEL Muito mais do que isso.

O que pode ser? **DR. KLIGERMAN**

EMANUEL De todos os sacrifícios que me impus para servir a Deus, tem um que não me conformo: a castidade!

Ainda há tempo para
você se redimir. **DR. KLIGERMAN**

EMANUEL Você deve imaginar o que é uma vida reprimindo o desejo. É a luta da nossa alma contra a nossa carne.

Desculpe, o sexo
está na alma. **DR. KLIGERMAN**

EMANUEL Eu estava preparado para passar uma vida inteira sem os prazeres da carne.

Nem uma
masturbaçãozinha? **DR. KLIGERMAN**

EMANUEL Juro que nunca toquei em alguém que não fosse num gesto de caridade. E em mim mesmo, apenas para as necessidades essenciais, como assoar o nariz... Mas, agora, sabendo que tudo vai acabar, ao menos para mim, não me conformo em partir sem sentir o que todos descrevem como o clímax maior da existência.

Emanuel, o essencial da vida é o sexo. Religião é justamente o antídoto da única coisa que justifica nossa passagem pela Terra. **DR. KLIGERMAN**

EMANUEL Agora que estou encarando a morte é que estou descobrindo isso...

Antes tarde do que nunca, meu caro. Quer mesmo resolver isso? Posso te ajudar com o maior prazer. *(Põe as mãos nos ombros de Emanuel.)* **DR. KLIGERMAN**

EMANUEL Não percebi que você era gay...

(Em tom de brincadeira.) Sai para lá, padre! Vamos dar um jeito nisso na versão clássica: Adão e Eva. Se quiser experimentar outras coisas, é por sua conta. *(Bêbado, o médico sai cantando.)* "Se eu quiser fumar, eu fumo. Se eu quiser beber, eu bebo. Pago tudo que consumo com suor do meu emprego..."

DR. KLIGERMAN

(O médico volta à cena e se enrosca com Emanuel. Eles saem aos rodopios.)

(cantando) Hava nagila, hava nagila, hava nagila, venishmecha

Hava nagila, hava nagila, hava nagila, venishmecha...

DR. KLIGERMAN

A GAROTA DE PROGRAMA

(Fazendo um movimento para beijar a mão de Emanuel.) Padre? **KÁTIA**

EMANUEL Emanuel, por favor. Não sou mais padre.

Mas não tem aquela história de uma vez padre, sempre padre? **KÁTIA**

EMANUEL Por favor, não vamos, agora, discutir as normas eclesiásticas. Não me considero mais padre e pronto.

Ah, me desculpe. Então nós temos um problema. **KÁTIA**

EMANUEL Problema, como assim?

Você sabe quanto eu cobro por um programa? **KÁTIA**

EMANUEL Não sei, e prefiro não saber. Mas o combinado não é que isto seria, digamos, uma cortesia?

Pois saiba o senhor que minha hora não sai por menos de dois mil reais. Sou top, universitária, pode perguntar ao doutor. **KÁTIA**

EMANUEL E é ele quem está pagando, não?

Nada disso. *(Mexe a cabeça, negativamente.)* Eu só topei para satisfazer uma fantasia sexual que tenho. A única que ainda não realizei. **KÁTIA**

EMANUEL E eu com isso?

KÁTIA Tudo! Desde adolescente, sempre sonhei em transar com um padre.

EMANUEL Céus! Não conhecia esse tipo de tara...

KÁTIA Ser possuída por um homem de Deus... deve ser divino! O orgasmo como um sacramento!

EMANUEL Você é mesmo muito atraente. Bom, já estou condenado, mesmo... Pode me chamar de padre, se isso te satisfaz.

Desculpe, mas isso é pouco. **KÁTIA**

EMANUEL Vai querer comungar antes?

66

Não fica me dando ideia, padre. Quero uma coisa muito simples, e dela não vou abrir mão. **KÁTIA**

EMANUEL Confesso que você me despertou para sensações que nunca pensei sentir...

Posso perceber... KÁTIA

EMANUEL Diga logo qual é o seu capricho.

Quero que você me coma de batina... KÁTIA

EMANUEL Só pode estar brincando...

KÁTIA Nada... Já estou amolecida, só de pensar...
Um homem de Deus, de batina,
um padre me fodendo gostoso...
O que você me diz, meu pastor?

EMANUEL Deus conosco...

KÁTIA Hmmm, amém... Vem, padre, veste logo a batina e maltrata essa pecadora.

(Emanuel veste a batina, que cai da parte de cima do palco, como se fosse do céu.)

Nossa, padre! Além de boa-pinta é bem servido. Ave Maria, minha nossa! **KÁTIA**

EMANUEL O que eu faço agora?

(Kátia dá dois tapas na cara de Emanuel e um chupão em sua boca.)

Você é o primeiro cliente que eu beijo. Sente... Sente... **KÁTIA**

(Kátia desliza as mãos dele por seu corpo e se mete por baixo da batina para chupar Emanuel.)

EMANUEL Certamente aqui o santo nome do Senhor não foi usado em vão. Acho que não poderia ter momento mais apropriado. Louvada seja esta comunhão plena. Francisco tinha razão: "Ó Mestre, Fazei que eu procure mais consolar, que ser consolado; compreender, que ser compreendido; amar, que ser amado. Pois é dando que se recebe." *(Repete, com ênfase.)* Pois é dando que se recebe! Devia ter prestado mais atenção na letra. E eu pensando nos passarinhos...

(Kátia sai de debaixo da batina e se ajoelha olhando para Emanuel. Ele olha para ela, se ajoelha também e a beija. Em um movimento contínuo, vão para uma posição como a da Pietá invertida.)

Quer um cigarrinho? **KÁTIA**

EMANUEL Não fumo, e esse não é um dos vícios que pretendo provar antes de morrer.

Você nunca esteve com uma mulher antes? Jura? **KÁTIA**

EMANUEL Acho que nunca estive tão próximo do Céu. Se pudesse escolher, preferia morrer de uma doença sexualmente transmissível do que de câncer nas tripas. Relação custo-benefício muito melhor.

Cruzes! Então é mesmo verdade que você está muito doente? Achei que era conversa do doutor, para me deixar compadecida. **KÁTIA**

EMANUEL Antes fosse mentira. Ainda mais que estou descobrindo as coisas da vida. Mas os prognósticos são sombrios.

Eu queria ser sua mulher. Vou ser a tal mulher do padre! Poderia trabalhar para você. Um homem nunca mexeu comigo desse jeito. E olha que, além da profissão, já me apaixonei para valer... **KÁTIA**

EMANUEL Imagine, ainda não sei o seu nome.

Kátia. É o meu nome verdadeiro. Nem precisei arrumar um artístico. E já veio com K. **KÁTIA**

EMANUEL Kátia, nesta provação que estou passando, você foi meu milagre possível. Só não me restituiu a fé porque só me permitiu a descoberta do verdadeiro prazer agora que não poderei mais usufruir dele. Minha devoção é toda para você. Durante os poucos dias que me restam, vou te adorar.

(Emanuel a leva para a cama e se deita em cima dela. Transam e ele reza.)

EMANUEL Ave Kátia cheia de graça
Bendita sois vós
Entre as mulheres
E bendito seja meu ente dentro do vosso ventre.
Agora e na hora
Amém!

Deus te perdoe, padre. **KÁTIA**

O PASTOR

Em nome do Senhor, vamos saudar o irmão que abraçou a fé verdadeira. *(Grita para a plateia.)* ALELUIA! **PASTOR**

(A plateia responde: ALELUIA!)

EMANUEL *(Tímido.)* Aleluia.

Aqui não se cultuam supostos santos, nem se inventam intermediários entre o fiel, o verdadeiro fiel, o crente de coração e o poder de Deus. Estou aqui como mero servo, um obreiro. Sua conexão se dará direto com Deus. E a resposta se apresentará com a mesma força da sua devoção. É você com Ele, e Ele com você. Deus só atende aquele que comprova sua entrega a Ele. **PASTOR**

EMANUEL Desculpa, pastor, o senhor está sugerindo que antes devo fazer alguma contribuição financeira?

Não pelo dinheiro, que é para a obra do Senhor. Só o empenho material traz a graça espiritual. Quem não se liberta das suas posses, não é digno do Senhor. E ele, em Sua graça, além de livrar do mal, retribui com fartura e prosperidade. ALELUIA! **PASTOR**

(Conclama o público a repetir.)

EMANUEL Aleluia... Só tem um problema, pastor. Como informei, há poucos dias atrás, eu era padre.

E por isso comemoramos ainda mais a sua conversão. ALELUIA! **PASTOR**

(Conclama o público a repetir.)

EMANUEL A questão é essa. Não tenho apego algum a bens materiais, só que não tenho nada para doar. Nunca recebi salário. Estou morando num quartinho, na Lapa. Roupa, comida, tudo por conta da Arquidiocese.

(Deixa transparecer o lado malandro.) Nem... **PASTOR**

EMANUEL Nem conta em banco. Cartão de crédito, muito menos. Pastor, nunca tive celular. Nem relógio eu uso!

Irmãos, estamos aqui diante de um caso raro! Emanuel é o desapego em pessoa. Seu sofrimento é a prova de que o Deus que escolheu no passado não é o mesmo Deus que o nosso, que acolhe e protege. Por isso, vamos quebrar esse galho: ele não está perdido, pois, na falta de algo material, como se recomenda, ainda tem a entregar ao nosso Senhor seu bem mais precioso: sua alma! Emanuel, você renega esse Deus maligno e abraça o nosso verdadeiro Senhor? **PASTOR**

EMANUEL Sim.

Abraça este novo Senhor? **PASTOR**

EMANUEL Abraço.

Então vem por aqui, irmão! **PASTOR**

(O pastor põe Emanuel de joelhos e coloca suas mãos sobre a cabeça dele. Depois, começa a cantar.)

Como Zaqueu eu quero subir
O mais alto que eu puder
Só pra Te ver, olhar para Ti
E chamar sua atenção para mim
[...]
Entra na minha casa, entra na minha vida
Mexe com minha estrutura, sara todas as feridas
Me ensina a ter santidade
Quero amar somente a Ti
Porque o Senhor é meu bem maior
Faz um milagre em mim

(Puxa palmas e grita para a plateia.) Aleluia! Agora, sim, o Senhor é conosco. É possível sentir a energia no ar. Estamos prontos para mais um milagre. Irmão Emanuel, qual é o seu mal?

PASTOR

EMANUEL É câncer, estado avançado.

(O pastor põe as mãos sobre a cabeça de Emanuel.)

Ó, senhor! Tu és o médico divino. Tu dás a vida e a vida em plenitude àqueles que Te buscam. Por isso, hoje, Senhor, de um modo muito especial, porque temos aqui uma criatura especial, quero pedir a cura de todo tipo de doença, principalmente daquela que aflige o irmão Emanuel. Eu acredito no Teu poder curador, meu Deus, e já agradeço humildemente por toda obra que estás realizando no coração e no corpo do nosso irmão neste momento. Senhor, eu Te bendigo, porque clamei a Ti e Tu me ouviste. Ó fiéis do Senhor, cantai a Vossa glória, dai graças ao Vosso Santo Nome, porque só Ele é poderoso e digno de eterno louvor. Amém! *(O pastor entra em transe e fala numa língua incompreensível.)* Aleluia! Está curado. PASTOR

A MÃE DE SANTO

(Entra a Mãe de Santo, rodando.)

MÃE DE SANTO Hê, hê, hê! Se aprochegue, meu filho!

EMANUEL Muito obrigado por me receber, mãe Carminha.

MÃE DE SANTO Hum, hum... É uma alegria recebê-lo na minha casa. Okê Arô!

EMANUEL A honra é minha. E a esperança, também. Os relatos sobre as suas curas são impressionantes.

E eu lá curo alguém, mizifio? Sou só um cavalo das entidades! Eu apenas abro a porta para elas operarem seus milagres.

MÃE DE SANTO

(Ela joga os búzios.)

Saravá, Ogum! Quer dizer, então, que o ex-padre é filho de Ogum? *(Ri.)* Ogum é deus forte. Guerreiro. Vai atacar seu mal. Ele é das espadas, facas, tesouras: vai operar sua cura. Do quê suncê padece mesmo, meu filhinho?

MÃE DE SANTO

EMANUEL É câncer, mãe Carminha. Câncer!

MÃE DE SANTO Êparrê Oyá! Te esconjuro, capeta dos infernos! Abre os caminhos desse meu filhinho, Ó Senhor Exú Tranca-Ruas. Filhinho, hum, hum, mãe Carminha vai ser sincera com suncê. Está tudo muito fechado. Quem te quis o mal fez serviço bem amarrado.

EMANUEL Quem pode ter tentado me prejudicar? Só fiz o bem!

MÃE DE SANTO Ah, mizifio, tem muita maldade neste mundo de Deus. Tem gente tão má que pode ter rogado praga só para impor provação a um padre. Sabe que tem um povo que nem gosta de padre. Espíritos malignos. Chutam santa. Destroem terreiro. Hum, hum, hum...

MÃE DE SANTO Então é por isso que está sendo punido. Deus gosta de sangue. Para alguém viver, alguém tem que morrer. Tem até na Bíblia hebraica, a Torá, dos judeus. Nossos santos é que são mais fortes, mais próximos da Mãe Natureza. *(Voltando à postura de mãe de santo.)* Ê, ê, afinal suncê, meu filhinho, quer ou num quer ser mesmo salvo?

EMANUEL Sim, minha mãe. Farei o que for ordenado.

MÃE DE SANTO Ora Iê Iê Ô! Fique em paz, homem de Deus: o meu Axogun, mão de faca, sabe como fazer o corte, os bichinhos num sofre, nem um pouquinho. Até purquê, se sofrê, os Orixá inté rejeitam o sacrifício! Êpa Êpa, Babá! Garanto que meu filhinho tá salvo!

(Ela dança cantando)

Oguntê, Marabô
Caiala e Sobá
Oloxum, Ynaê
Janaína e Iemanjá
São rainhas do mar
Mar, misterioso mar...

Mistério. Muito mistério...

DIGÃO

(Uma réstea de luz atravessa a cena na penumbra. Ruídos de rua, sirenes de carros de polícia e tiros à distância são ouvidos. Digão entra e encontra Emanuel ajoelhado no chão, apoiado num caixote. Uma luz que surge de cima destaca Emanuel.)

Com licença, meu padre. **DIGÃO**

EMANUEL *(Levanta, apoiando-se no caixote.)* Vamos entrando, Digão.

O pessoal anda comentando que vossa santidade vai mal... Vim conferir, ver se posso ajudar em algo. **DIGÃO**

EMANUEL Ô Digão, para com isso... Acho que nem mais religioso eu sou.

Qualé, padre? Então é grave mesmo? **DIGÃO**

EMANUEL *(Em um tom de ironia.)* Tenho sonhado com moscas... *(Ri baixinho.)* Ela está chegando... Cada vez mais perto... E dói, meu amigo... Dói muito... Trouxe o que eu pedi?

(Digão confirma com a cabeça e tira do bolso um pacotinho com um pó branco, que é aberto em cima do caixote. Os dois cheiram. Durante algum tempo, ficam parados, olhando um para o outro.)

EMANUEL Eu sempre encarei a morte como o fim de um ciclo, uma passagem, uma elevação para outro estágio... Para mim, hoje, religião...

(Tentando encorajá-lo.) Êta ferro! Eu não ia falar de religião... Acho que você tá valorizando demais essa porra de morte, tá bom? Desde os 12 anos, quando virei avião da boca, tô preparado pra ela. Sabe o que é isso? Enfrentar essa dona Morte a cada passo, com uma disciplina fora do comum, com eficiência, com audácia? Coisa que os filhos dos bacanas, meninos da minha idade, nem sabiam que existia? Ficavam lá, com um controle remoto nas mãos, brincando na frente da TV. Eu, não... Noite e dia no batente. Olho vivo que atrás vem gente! Disciplina! Disciplina não é virtude? Pois bem, é bom sacar que as virtudes podem ser usadas como meios para outros fins... O que é que é a máfia? Uma puta organização eficiente... E eficiente pra quê? Pro poder! Uma sociedade só tem chance quando os homens de bem têm a mesma audácia dos corruptos, dos bandidos, daqueles que nós enxergamos à distância... **DIGÃO**

EMANUEL Digão, meu amigo, você não pode justificar o crime, o horror de tudo isso, como se fosse algo normal...

Eu sei que é horrível. Mas essa disciplina, essa eficiência toda, me fizeram mais forte do que o menino sentadinho no sofá da sala... Me fizeram mais capaz de sobreviver a uma situação barra pesada... Pensa bem: aqui não teve lei do menor esforço, não! Caralho! Foi muito barra pesada! *(A droga começa a fazer efeito.)* Mas eu saí mais forte dessa porra toda, muito mais capaz de sobreviver a uma situação dura... Enquanto o menino lá, nem bola de gude ele tomou conhecimento... Só esperando tudo acontecer, na lei do menor esforço. E eu fora da lei! Ele ficou fraco e eu fiquei durão... Já pensou? Que país é esse que vai surgir daí? **DIGÃO**

EMANUEL *(Referindo-se à droga que acabou de cheirar.)* Isto é que é o verdadeiro céu. Digão, você é um anjo. Estou me vendo de fora do meu corpo. Acho até que posso voar.

(Continuando com seu discurso.) Um país de gente sem fibra, sem iniciativa... **DIGÃO**

EMANUEL Eu não ando com muita disposição para ficar discutindo a moral, mas não tem comparação com seu tipo de criminalidade... Por favor!

Dá um tempo, Padre... Pode parar! Político e empresário que rouba matam muito mais do que eu... Não lê jornal? Não vê TV? Os bacanas mandam pras contas no exterior o dinheiro que ia pros remédios, pra educação, pra comida... Agora me diga: o que é mais criminoso? Fundar um banco ou assaltar um banco? Eu cuido de mais gente do morro do que as autoridades... A diferença é que, comigo, o dinheiro vem de particular, de gente fina da burguesia que vem cheirar na minha mão por vontade própria... Ninguém obriga!

DIGÃO

(Emanuel, em transe, desfalece. Digão se assusta.)

Padre, que isso? Não vou deixar acontecer nada com o senhor, não... Não vou deixar mesmo... *(Bate levemente no rosto de Emanuel.)* O senhor vai ficar bom... Padre! *(Entra em transe, emocionado.)* Vai ficar bom... São Miguel Arcanjo, com sua espada de fogo protege-nos nos combates. Cobre-nos com teu escudo protetor e livra-nos das emboscadas e das ciladas do demônio. Príncipe de Milícia Celeste, incendeia nossos corações contra Satanás e seus asseclas. Precipita no inferno o demônio e todos os espíritos malignos que andam pelo mundo. **DIGÃO**

(Emanuel abre os olhos e se vê amparado por Digão. Eles se beijam e afastam-se, sem graça.)

(*Sorrindo.*) Qualé? Eu também tenho fé... Tá pensando o quê? (*Levanta-se.*) Descansa um pouco aí... Fica tranquilo. **DIGÃO**

EMANUEL (*Para si mesmo.*) Eu venho sonhando com moscas....

(*Sai de cena. Deixa Emanuel no chão, e canta.*)

Eu só quero é ser feliz

Andar tranquilamente na favela onde eu nasci, é

E poder me orgulhar

E ter a consciência que o pobre tem seu lugar

Fé em Deus, DJ... **DIGÃO**

(*Zumbidos de moscas crescem de forma ensurdecedora.*)

A SESSÃO ESPÍRITA

EMANUEL Desculpe, achei que aqui era a Casa Luz do Amanhã. Não havia ninguém lá fora, nem campainha...

É aqui mesmo. Vem, vem por aqui! Seja bem-vindo ao sagrado Centro Espírita Casa da Luz do Amanhã, construído para te dar muita paz. **DIRCE**

EMANUEL Não estou entendendo. Eu marquei uma consulta, uma sessão, um encontro, não sei como se diz, com um médium que recebe o espírito de um médico alemão.

Pois é comigo mesma, Dirce da Silva. Tenho a honra e o privilégio de incorporar o grande gênio da medicina do século XIX, dr. Schürrle. Friedenstein Schürrle. Um santo com o bisturi na mão. **DIRCE**

EMANUEL Uma mulher?

DIRCE Quanta ignorância! O que o espírito tem a ver com a matéria? Somos fontes de luz. Para o grande criador, a embalagem é um rótulo, sem peso algum. E a tendência, agora, é não dividir mais a humanidade neste simplismo binário de homem ou mulher. Então, aqui estou eu, Dirce, pronta para incorporar o dr. Schürrle e tentar amenizar a sua dor.

EMANUEL Confesso que é uma grande surpresa para mim. Mas, claro, respeito.

Além de médium, sou psicóloga. Na análise, Freud também lidou com a mulher do século XIX. Com Allan Kardec foi o mesmo. Não vou dizer que foi machismo, mas os espíritos femininos também tiveram que conquistar seu espaço. Juntou mulher com reencarnação, é até pior: encarnou com uma, encarnou com todas.

DIRCE

EMANUEL Como os jovens dizem, vacilo meu, não sabia que havia mulher médium. Uma bobagem minha; faz todo sentido. Venho de uma igreja muito machista, mesmo com um papa argentino. Aliás, agradeço por me receber sozinha; sei que esses rituais são muito movimentados. Se divulgarem que tem padre em sessão espírita, vai ser um escândalo. Me considero fora da Igreja Católica Apostólica Romana, mas estou fora dessas discussões sobre machismo, *ME TOO*. *Me* Jane, *you* Tarzan. Só há poucos dias descobri que a criatura surgida da costela de Adão, versão Bíblia, é muito mais do que doze pares de ossos num tórax. Perdão.

Sei que é uma pessoa especial e tenho interesse em conhecer sua vida espiritual, afinal nunca operei com um religioso. Então, não percamos tempo. Vamos começar.

DIRCE

EMANUEL Perdão. O Dr. Schüler vai me operar por suas mãos?

Se entregue, irmão Emanuel. O que nos interessa são os fluidos.

DIRCE

(Dirce, em transe, por algum tempo, passa as mãos pelo corpo de Emanuel. De repente, para, aflita, e dá um grito, se jogando para trás.)

EMANUEL Dirce, o que foi? Doutor?!

Sou eu, Dirce. Voltei. **DIRCE**

EMANUEL E então?

DIRCE Emanuel, você é um caso raro. Nunca vi nada parecido. Seu espírito, como era de se esperar, é muito elevado. Nunca tomei conhecimento de nada igual. Era como se eu estivesse navegando na aura de um santo.

EMANUEL Então a cura é possível!

DIRCE Normalmente, sim. Mas surgiu um obstáculo intransponível. Na encarnação anterior, você foi José Gomes, o Cabeleira. Um dos cangaceiros mais próximos de Virgulino, o Lampião.

EMANUEL E eu com isso?

DIRCE Estou para ver espírito tão maléfico quanto esse Cabeleira, meu Deus. Mau até as entranhas. Mesmo sem Lampião ao seu lado, levou pânico por onde andava no Nordeste. Não poupou nem mulheres, nem crianças. Praticou os crimes mais hediondos da história do cangaço.

EMANUEL E eu com isso?

DIRCE Isso que nunca vi: a carga da sua reencarnação...

EMANUEL Reencarnação? Não é parente, nem sabia que existiu...

DIRCE Não é assim que funciona. A herança espiritual maligna do Cabeleira é tão grande que nem mesmo a vida de bondade que você leva foi capaz de limpar. Ele foi um errante da pior qualidade. Um imperfeito medonho. Leviano e impuro. Nunca vi tanta maldade junta! Fiquei até mal. Lamento, sobrou para você...

EMANUEL "Lamento" significa que...

O melhor para você é sentir a dor. Porque, daqui para frente, só vai piorar. Limpa tudo e deixa essa passagem na Terra. Vai voltar, com certeza, num espírito ainda mais evoluído. Te asseguro que sua próxima vida vai ser de paz, harmonia e felicidade.

DIRCE

EMANUEL Resumindo: assim como a Medicina, você está me dizendo que eu vou morrer.

Quem sou eu para explicar para um ex-padre que a vida é apenas uma passagem? E que quanto mais aqui se sofre, mais a garantia de volta para um mundo melhor? Você deveria ver isso como uma bênção.
A alma é a lanterna da paz. Você tinha que ter pagado seus débitos em suaves encarnações!

DIRCE

(Dirce sai de cena marchando em passo de ganso e canta.)

— Se entrega, Corisco!

— Eu não me entrego, não!
Eu não sou passarinho
pra viver lá na prisão...

O SANTO DAIME

(Saúda Emanuel.)

"Examine direitinho
Sou Pai e não sou filho
Mas eu não faço assim
Chamo de um a um
A todos eu mostro o caminho
Fazendo como eu mando
Tudo fica bem facinho
Todos podem se lembrar
Do tempo de Noé
A doutrina do meu Pai
Eu ensino como é
Vamos meus irmãos
Vamos todos se humilhar
Pedir nosso perdão
Para o nosso Pai nos perdoar
Quem quiser que se aguente
Não tem a quem se queixar
Eu bem que avisei
Que havia de chegar"

DAMIÃO

EMANUEL Damião?!

Seu criado! Quanta honra! Não é sempre que recebemos um irmão autoridade de outra religião e de tamanha devoção. **DAMIÃO**

EMANUEL Deixa disso, Damião. Sou um homem comum, perdido na própria crença.

Bem-vindo! Vamos abrir seus caminhos pela floresta do Santo Daime! **DAMIÃO**

EMANUEL Aproveitando, mas sem querer ser impertinente: eu achava que os rituais só funcionavam no mato, no Acre, na Amazônia... Estamos em Jacarepaguá! Eu nem sabia que havia um núcleo daimista por aqui.

O grande templo oficial do Culto Eclético da Fluente Luz Universal fica num matagal em Rio Branco. Uma lindeza de nova igreja. Erguida em madeira de lei, retirada da floresta com replantio. O telhado, de carvalho, continuou com quatro águas, só que agora o templo tem uma varanda circulando o salão, separando a ala masculina da feminina. Uma novidade importante: juntar homem e mulher às vezes criava, vamos dizer, uma confusão esquisita na hora das visões. Sabe como é: o cipó mexe com os hormônios. Ou os hormônios que mexem com o cipó, não sabemos. **DAMIÃO**

EMANUEL E como vieram da floresta Amazônica para a Zona Oeste do Rio? Logo nessa região tão devastada ecologicamente...

Primeiro, este solo foi abençoado. Segundo, somos uma franquia oficialmente autorizada, seguimos com rigor os ritos e os sacerdotes vêm sempre aqui para checar se está tudo nos conformes. Aquela árvore que você viu na entrada é uma seringueira trazida de um quintal lá do Acre. Você vai ser uma exceção: vou fazer uma sessão individual. DAMIÃO

EMANUEL Mas eu também devo uma explicação. Há poucos dias, experimentei drogas. Foi uma experiência alucinante, mas vazia quando o efeito passou.

Calma: a ayahuasca é um entorpecente, mas do bem. Tem finalidade curativa através da divindade. DAMIÃO

EMANUEL Não estou querendo ter um barato. Ainda busco a minha cura através de uma força superior. Sinceramente, acho que é minha última chance. Estou pronto.

Assine aqui este termo de responsabilidade. DAMIÃO

EMANUEL Já que falou do documento, eu vi que há alguns casos de suicídio e até de gente que saiu matando parentes...

Isso é gente que já veio com a cabeça ruim. Você nem leu direito: na autorização, a pessoa tem que confirmar que não tem problema psíquico. Se o camarada já vem envenenado nas ideias, não tem chá que cure. DAMIÃO

EMANUEL Então o meu caso...

Calma! Sua cabeça é aberta para o bem. O chá de ayahuasca vai é te limpar do mal físico. Acredite na força do cipó do morto. Abra seu espírito e vamos ao hinário. DAMIÃO

(Usando uma maracá para a marcação rítmica, canta.)

Eu pedi e tive o toque
Da floresta e do astral
Aqui estou avisando
Que devemos ser igual
Examinando o firmamento
O tesouro universal
Sinto profundo este toque
Deste Rei Imperial
Digo sempre com firmeza
Pois sou capaz de provar
Quem é firme balanceia
E quem zombar pode tombar
A Meu Pai eu agradeço
Por esta compreensão
Todos busquem a Santa Paz
Para si e seus irmãos.

(Com a voz normal.) Agora bebe, de um só gole.

(Emanuel toma o chá. A primeira reação é de êxtase, mas logo começa a vomitar muito.)

EMANUEL Meu Deus! Que gosto repugnante! Parece que vou morrer é agora!

(Sai, cambaleante, do templo.)

Calma, irmão. Venha por aqui. Na primeira vez, é normal. Havia muita impureza escondida. Se quiser, a gente pode mandar mais poção pelo correio. É autorizado, viu? Aceitamos cartão de crédito. Pix? Emanuel??? **DAMIÃO**

(Emanuel continua passando mal por causa do chá. Kátia entra dramaticamente e se agarra as pernas dele.)

EMANUEL Kátia!

KÁTIA Emanuel, meu amor, não faz isso comigo! Deixa eu ficar com você...

EMANUEL Querida, a gente conversou muito sobre isso. Não quero te submeter ao martírio da minha partida. Que, pelo que sinto, está cada vez mais próximo. Ainda mais depois do chá que tomei.

KÁTIA Que chá, Emanuel? Você tentou alguma maluquice?

EMANUEL Não é o que você está pensando; é uma longa história. O que interessa é que não te quero do meu lado. Você tem uma vida inteira pela frente.

Então você não me ama? **KÁTIA**

EMANUEL Você é o grande amor da minha vida! Contigo descobri o verdadeiro significado da palavra paixão. Eu não poderia mais viver sem você. Minha morte está próxima, e a maior prova de amor que posso dar é te poupar desse sofrimento, pedir para que se vá. Se não pude te proteger na vida, vou te proteger na morte. Na minha morte.

Emanuel, olhe bem nos meus olhos. *(Ele olha.)* Você me ama de verdade? **KÁTIA**

EMANUEL Eu deveria jurar por Deus. Apenas digo que foi com você que descobri que o maior e mais verdadeiro milagre é o amor.

KÁTIA Então me deixe decidir o que é melhor para mim.

EMANUEL Kátia...

KÁTIA Vamos fazer o seguinte: você me contou nunca viajou, passou a sua existência rodando pela sua igreja.

EMANUEL Meu mundo não era geográfico. Eu viajava para os lugares mais distantes, dentro da alma, nas minhas orações. Meu GPS eram os pontos cardeais da Santíssima Trindade.

KÁTIA Então está decido: junte o pouco que você tem, vou buscar o carro...

EMANUEL Carro?

Isso! Venho te pegar e vamos sair por aí, pegar a estrada da vida. **KÁTIA**

EMANUEL Kátia...

Amor, confie em mim: vamos para o Vale do Amanhecer. Lá eles misturam cristianismo, espiritismo, macumba, Santo Daime e física quântica. É o X-tudo brasileiro! Vai por mim: não tem erro! **KÁTIA**

EMANUEL Kátia...

KÁTIA Tem uma porta de entrada mística, Alto Paraíso!

EMANUEL Kátia...

Eu tenho um cliente... *Tive* um cliente ricaço. Tumor maligno no cérebro. Dos grandões. Desenganado. Passou por tudo que é tratamento, Estados Unidos e Europa, recorreu a tudo que é religião e seita e nada. **KÁTIA**
Já na beira do túmulo, foi no Vale do Amanhecer e voltou zerado. Cura total. Era para ter morrido há uns dois anos, outro dia li o nome dele no jornal. Acho que foi preso. Na Lava Jato!

EMANUEL Por favor, Kátia...

KÁTIA Resolvido: vamos sair por aí até onde der. Não é infinito enquanto durar? Você vai ver, será nossa via sacra, mas para o altar do amor. Pode ser por pouco tempo, mas será eterno.

EMANUEL Kátia...

KÁTIA *(Beija Emanuel apaixonadamente.)* Não se esqueça de pegar os remédios. Meu amor, acredite em mim. Vem comigo, vem por aqui.

(Ela sai.)

NOVO PADRE

EMANUEL Que inferno! Não aguento mais padre, médico, pastor, mãe, mulher, mãe de santo, curandeiro, médium, até traficante; todo mundo me dizendo por onde eu devo ir, quando não há caminho.

(Entra o antigo Sacristão da primeira missa, agora ordenado padre.)

EMANUEL Que porra você veio fazer aqui, cacete?

PADRE Querido irmão, venho a mando do cardeal. Já era minha vontade própria, mas ele me ligou, ordenando a minha visita.

EMANUEL Fico lisonjeado, grande cardeal! Vinde a mim as criancinhas... Meu sacristão virou padre. Vai longe. E o que me trazes? Incenso? Mirra? Pizza de calabresa?

Folgo em vê-lo tão bem-humorado, ainda mais diante dessa situação. PADRE

EMANUEL Ando radiante! A coisa é assim: hoje estou pior do que ontem. Em compensação, sei que hoje estou melhor do que estarei amanhã. Muito estimulante! E sua presença era o que faltava para iluminar meu dia. Um lenitivo!

Emanuel, certamente você mesmo, na sua curta carreira, viu pessoas perderem a fé diante do inevitável. Vindo de um religioso tão consistente como você, é de se estranhar esse comportamento. Mas é compreensível. Você sabe melhor do eu que nossa missão como pastores é compreender, mesmo o incompreensível. Afinal, ele é a base da nossa crença. E da nossa esperança. PADRE

EMANUEL Então em que posso ser útil? Ou melhor: no que você vai ser útil?

Se não temos como resolver a questão do físico, vim trazer, reviver, a sua paz espiritual. O cardeal me concedeu a graça de ser o padre que vai fazer a Oração dos Enfermos para um querido irmão e amigo. Você me iniciou na Igreja. **PADRE**

EMANUEL Ah! A sentença de morte! Estava faltando a formalização. Garantir o cliente até a última prestação, né? Já que nesse negócio não há pós-venda... Vamos lá, Marcelo, desembuche...

Onipotente e benigníssimo Deus, que sois a salvação eterna de todos os que creem em Vós... **PADRE**

EMANUEL Por que não a salvação em vida?

Escutai as orações que Vos dirigimos por este enfermo, Vosso servo... PADRE

EMANUEL Não escutou até agora, de um de seus mais devotos sacerdotes... Por que ouviria por procuração?

Afastai dele tudo quanto o aflige... PADRE

EMANUEL O nome do que me aflige é câncer. Se ainda puder afastar, estou pronto para aceitar essa graça. Então, é possível? Cadê o sinal?

E fazei, em Vossa misericórdia, que todos os remédios aplicados ao seu mal lhe sejam salutares... PADRE

EMANUEL Companheiro, nem há medicamento para o meu caso. Só drogas que me levam para outro tipo de céu. O tratamento certo, aqui, seria a eutanásia, mas nem isso vocês permitem.

Em Vós, ó, único autor e conservador da vida e árbitro supremo da nossa sorte, pomos toda a nossa confiança... **PADRE**

EMANUEL Já esgotei a minha cota com ele.

E embora nos esforcemos por todos os meios possíveis para lhe restabelecer a saúde, todavia é de Vós só que tudo esperamos... **PADRE**

EMANUEL Espero que acabe logo com essa palhaçada e me deixe paz.

E, se tiver pecados, ser-lhe-ão perdoados... **PADRE**

EMANUEL Ao contrário: se for possível, estenda a minha existência para que eu possa pecar ainda mais.

Ouvi, Senhor, nossas preces e as deste enfermo, para que alegres possamos com ele prestar-Vos a homenagem do nosso reconhecimento. Amém. **PADRE**

EMANUEL Alegre, só se for você. Não rendo homenagem nem a Deus, nem à ciência, nem ao diabo!

Meu irmão, tantas blasfêmias... Entendo a sua angústia. Mas ela existe justamente porque você, na fraqueza da carne, afastou-se do Salvador. Reabra seu coração. Só assim virá a redenção eterna. Segure na mão de Deus e vá! **PADRE**

EMANUEL Vá você, para a Santíssima puta que o pariu! *(Toma o crucifixo do Padre e o fere mortalmente na cabeça.)* O doce padre veio certo de que encomendaria o irmão, mas vai furar a fila e se sentar antes de mim ao Seu lado. E ainda foi sem extrema unção. E tem mais, caro Criador: do meu fim, cuido eu. Se for para viver escravo da submissão, prefiro morrer ao sabor da minha inconsequente emoção.

(Volta a vestir a batina, sobe na cama e caminha em direção à janela, dando a entender que vai pular. Para. Blackout longo.)

FIM

VERSÃO COM DEUS

(A luz volta, Emanuel está no centro do palco. Ele recita o poema "Cântico Negro", de José Régio.)

"Vem por aqui" — dizem-me alguns com os olhos doces
Estendendo-me os braços, e seguros
De que seria bom que eu os ouvisse
Quando me dizem: "vem por aqui!"
Eu olho-os com olhos lassos,
(Há, nos olhos meus, ironias e cansaços)
E cruzo os braços,
E nunca vou por ali...

A minha glória é esta:
Criar desumanidade!
Não acompanhar ninguém.
— Que eu vivo com o mesmo sem-vontade
Com que rasguei o ventre à minha mãe

Não, não vou por aí! Só vou por onde
Me levam meus próprios passos...

[...]

Deus e o Diabo é que guiam, mais ninguém!
Todos tiveram pai, todos tiveram mãe;
Mas eu, que nunca principio nem acabo,
Nasci do amor que há entre Deus e o Diabo.

Ah, que ninguém me dê piedosas intenções,
Ninguém me peça definições!
Ninguém me diga: "vem por aqui"!
A minha vida é um vendaval que se soltou,
É uma onda que se alevantou,
É um átomo a mais que se animou...
Não sei por onde vou,
Não sei para onde vou
Sei que não vou por aí!

(Surge a voz de Deus.)

Para onde você não quer ir? **DEUS**

EMANUEL Quem está aí?

Você sabe mesmo o caminho? **DEUS**

EMANUEL Onde está você?

Eu estou do seu lado! **DEUS**

EMANUEL Quem é você?

Eu estou dentro de você! **DEUS**

(Emanuel fica em silêncio. Tenta saber se há alguém por ali.)

EMANUEL Cadê você?

Eu já disse que estou dentro de você, Emanuel! *(Resmungando.)* É essa droga que continua fazendo efeito... É delírio... Você não consegue me ouvir? **DEUS**

EMANUEL O que você quer de mim?

Só quero que retome o caminho... **DEUS**

EMANUEL Não quero Sua ajuda! Meu caminho pelo mundo eu mesmo faço!

DEUS Não seja dramático! Nem precisa plagiar o Gilberto Gil.

(Emanuel procura por seu interlocutor.)

DEUS Emanuel, ainda não sabe para onde ir? Vejo que chegou na grande encruzilhada. Precisa ouvir a si mesmo! Fica buscando vozes salvadoras, quando a resposta sempre esteve, o tempo todo, dentro de você!

EMANUEL Pode parar! Já não quero escutar nem a mim mesmo. Já sei aonde Você quer chegar, mas não perca seu tempo... Nem Te chamei aqui, porque seria em vão. Que vacilo só aparecer agora!

Este foi o seu problema: ficou tão preocupado com quando seu coração pararia de bater que deixou de ouvi-lo! O seu próprio coração só pulsa quando se dá ouvidos a ele. **DEUS**

EMANUEL Papo furado! Nessa loucura toda, meu coração nunca bateu tão forte. Vou ficar feliz quando ele explodir. Nada do que Você fale vai fazer sentido para mim. Fui!

Sentido? Me lembro de você repetindo, quase todos os dias: "Olhe o mundo por seu coração e encontrarás Deus." E as pessoas saíam leves, na mais completa felicidade. O que mais pode dar sentido à vida? **DEUS**

EMANUEL O uísque quarenta anos do dr. Kligerman, por exemplo. Quer mais? Continuar gozando com a Kátia! Precisava ver o brilho do olhar dela. Aliás, o Senhor deve ter visto. Não vê tudo?

Você é religioso e não tem ideia do que é o verdadeiro êxtase do paraíso celeste! **DEUS**

EMANUEL Numa boa: não me levou à salvação, mas me diverti muito com tudo o que vi nessa caminhada. Até mesmo o chá do Daime é melhor do que vinho de missa!

Preciso me lembrar sempre de que é para odiar o pecado e amar o pecador... **DEUS**

EMANUEL É isso mesmo! E que papo é esse de resolver baixar aqui, agora, no finzinho? Quer mesmo fazer uma graça? *(Pausa.)* Me deixe em paz. Devem ter muitas outras ovelhas para o Senhor salvar. Eu não estou mais a fim, sacou? Aliás, nem sei se esse diálogo está acontecendo mesmo, ou se é um surto psicótico.

Mas é justamente por isso que vim até aqui! Para ficar ao seu lado... Estou te dando uma chance de encontrar a paz! Ainda que não seja sincero, peça perdão e eu darei um jeito. **DEUS**

EMANUEL Assim? Lavou, tá limpo? É ruim, hein? Não quero do seu jeito. Agora vai ser do meu jeito. Só me arrependo de ter sido padre! Como fui pegar a representação de um Criador que afirma que nos criou à sua imagem e semelhança e nos joga num mundo de loucura e medo? Sua obra está indo para o brejo! Maior furada! Não entendeu ainda? Estou fora!

DEUS Emanuel, já resolvi casos bem mais graves do que o seu. Até o bom ladrão foi santificado. Mesmo com Lúcifer foi assim, eu estendi as mãos e ele optou por Satanás. Mas, olha, paciência tem limite. Só fui mais condescendente com você pelos seus serviços prestados. Estamos conversados? Adeus! *(Rindo.)* Quer dizer, até logo. Ou melhor: até muuuito breve! Do breve, para a eternidade.

(O elenco volta para agradecimento ao som de "A montanha", de Roberto Carlos) :

Eu vou seguir

Uma luz lá no alto eu vou ouvir

Uma voz que me chama

Eu vou subir

A montanha e ficar bem mais perto de Deus e rezar

Eu vou gritar

Para o mundo me ouvir e acompanhar

Toda minha escalada e ajudar

A mostrar como é o meu grito de amor e de fé

Eu vou pedir que as estrelas não parem de brilhar

E as crianças não deixem de sorrir

E que os homens jamais se esqueçam de agradecer

Por isso eu digo:

Obrigado Senhor por mais um dia

Obrigado senhor que eu posso ver

Que seria de mim sem a fé que eu tenho em Você

[...]

FIM